John Robert Lunn

Memoir of Caleb Parnham

John Robert Lunn

Memoir of Caleb Parnham

ISBN/EAN: 9783337400125

Printed in Europe, USA, Canada, Australia, Japan

Cover: Foto ©Raphael Reischuk / pixelio.de

More available books at **www.hansebooks.com**

NICHOLAS TYERY'S

PROPOSALS TO HENRY THE EIGHTH

FOR AN

IRISH COINAGE:

INSERTED IN A MS. FRENCH HANDBOOK
OF THE YEAR 1526.

EDITED BY

G. O. WHITE COOPER, M.A.

AND

F. J. H. JENKINSON, M.A.

Cambridge:

DEIGHTON, BELL & CO.; MACMILLAN & BOWES.
LONDON: G. BELL AND SONS.

1886.

INTRODUCTORY NOTE.

THE book which is here printed for the first time is a quarto manuscript (Ff. 2. 22) in the University Library. It is mentioned in the Oxford Catalogue of 1697 as being in the library of John Moore (then Bishop of Norwich and afterwards Bishop of Ely), which upon his death in 1715 was presented to the University by George the First. It was then in 16th century binding, but unfortunately was soon rebound, by which the difficulty of understanding its structure has perhaps been increased. Nicolson (*English Historical Library*, ed. 1776, p. 205) gives a superficial and thoroughly misleading account of it; and Ruding's statement that Tyery was one of Henry the Eighth's mint-masters seems to be founded on Nicolson's assertion to that effect.

The volume must have been rearranged more than once in old times, and it is by no means certain that the pieces which it contains admit of being so disposed as to show an intelligible relation between them. But one thing seems clear enough; namely that the bulk of the volume has nothing to do with England or Henry the Eighth, being simply a handbook of the coins lawfully or unlawfully in circulation in France about the year 1526[1]. To this handbook Nicholas Tyery prefixed his

[1] The date on page 1, February, 1526, must mean February 152$\frac{5}{6}$, as the George Nobles, which are included in the Pratique, were not issued till November, 1526.

address to Henry the Eighth (turning the first quire inside out, so that the English coins might come before the French); and (somewhere in the first quire) he inserted two leaves containing the figures of his proposed Irish coins, which he continued on the blank recto of the following leaf. But it is to be observed that these insertions are apparently by the same hand as the original book. The matter which is printed on pp. 36—40 of the present edition seems to consist of detached notes written in at different times; indeed I am not certain whether leaves 31—34 (pp. 37—40) were not put in afterwards. The two leaves 13 and 30 are one sheet, of which leaf 30, which was probably a blank leaf at the beginning of the book, should come first: they would thus form with leaves 1—4, 7—10 a 10-leaf quire. Leaves 14—21, 22—29 seem certainly to have formed two 8-leaf quires (which had at one time the signatures b and c).

The whole book bears signs of having been left unfinished. Many of the capitals have never been filled in. These and some other insertions are here inclosed in square brackets; and it should be mentioned that the numbering of the coins is also an addition. The pages of the manuscript are indicated by figures in the margin; 10^a, for instance, meaning the *recto* of leaf 10, and 10^b the *verso*. Contractions have been expanded, the missing letters being printed in italic type; otherwise the spelling of the original has been followed exactly.

The designs for the Irish coins have been reproduced with admirable fidelity by Mr Edwin Wilson[1]. It was impossible, on account of the expense, to include the figures of coins (actually current) given in the *Pratique;* nor indeed does the same interest attach to them as to the others. But in order to

[1] The figures of gold coins are gilt and those of silver coins are silvered in the MS.; the experiment was tried of reproducing this distinction in the present book, but it was found that the plain figures gave a truer impression of the originals.

give some idea of the appearance of the original manuscript, circles of about the size of the figures have been inserted in the text.

It has been the Editors' intention merely to make this interesting little fragment of history accessible to numismatists, and not to embark on the larger undertaking of commentary and illustration. A search among the State Papers of the time will supplement the information here contained (see for instance Calendar of State Papers, Nos. 2423, 2595, 2609, &c.). With regard to the title 'defensor fidei,' suggested on page 40, Ruding[1] notes that 'though constantly used in the style of our monarchs from Henry VIII., on whom it was conferred by Pope Leo X. in 1521,' it is not till the reign of George I. that it appears upon the coins of the realm.

---

[1] *Annals of the Coinage* (London, 1840), II. 66.

*** The leaves of the manuscript have been numbered by Mr Bradshaw in the order in which they were bound; and as that arrangement has not been followed here, it may be convenient to give the correspondence of that numbering with ours.

No. in the margin of this edition.	No. written in the MS.
1	17
2	14
3	15
4	16
5	1
6	2
7	3
8	4
9	5
10	18
11	6
12	7
13	8
14	27
15	21
16	25
17	23
18	24
19	26
20	22
21	28
22	29
23	30
24	31
25	32
...	...
29	37
30	9
31	10
32	11
33	12
34	13

Leaves (numbered by Mr Bradshaw) 19, 20, 33, 34, 35, 36 are omitted in this edition. Leaf 19 has on it a shield with the two-headed eagle; leaf 36 a shield with a red lion. The others are blank.

TABLE OF CONTENTS.

[An asterisk is prefixed to those coins which are declared to be not current in France.]

[LA PRACTICQUE A CONGNOISTRE TOUTES MONNOYES &c.]

[L] a praticque a congnoistre toutes monnoyes de pre- ¹·
sent ayant cours Et celles prohibees et defendues
sans cours. de quelque pays quelles soyent. Auec
les pourtraictz faictz au vif. dune chascune piece.
Ensemble les poix/ et mises dicelles. Selon le mandement du
roy notre Sire. Publie en ce moys de Feburier Mil et Cinq
centz vingt et six. Sur peine de confiscation de corps et de
biens a tous defaillans diceluy. Faict a lutilite et proffict de
tout le peuple De france. Et aultres.

[P] our remedier a plusieurs maulx qui se commectent
de iour en iour: et pour obuier a plusieurs lar-
rons secretz lesquelz rongnent les monnoyes tant
dor que dargent. laquelle chose porte deshonneur aux princes
et aux maistres de leurs monnoyes. Considerant que par ce
souuentesfois le peuple est desrobe/ en recepuant leur salaire
et poyement. Aussy pour le proffict. vtilite et amytie de vng
chascun Et entretenement des vngs auec les aultres. Et affin
que marchandise se puisse ioyeusement mener: et que les
poyemens se facent amyablement: et pour garder toutes gens

1ᵇ destre trompez et deceuz en recepuant or. * ou argent: et
pour ouurir tous entendemens a bien congnoistre toutes monnoyes tant dor que dargent ayant cours de present ou non.
En ensuyuant le mandement du Roy notre sire en son conseil.
Donne a sainct Germain en laye..le premier iour de Feburier.
Mil vᶜᶜ. vingt six: prenant a Pasques. Et publie par lespace
dudict moys ou plus/ par toute France. Par lequel mandement est defendu a toutes gens de quelque estat ou condition
quilz soyent. Et cest sur peine de confiscation de corps et
de biens/ quilz nayent a mettre ny allouer aultres especes de
monnoye/ que celles ausquelles par ce dernier mandement est
donne et permys cours. Lequel cours sera cy apres declare
par les figures des pieces pourtraictes ainsy que par ordre
sensuyura. Et est aussy permys a vng chascun de ne prendre
aucune piece quelle que ce soit pour son poyement/ si elle
nest de poix: et celles qui ne seront de poix. soyent sisallees
et mises au feu pour billon. Item en apres seront Icy mon-
streez les monnoyes par figure lesquelles nauront nulz cours.
Et est defendu a tous comme dessus: de nen faire nulz paye-
mens sur la peine dessudicte. Mais que soyent sisallees et
mises au feu pour billon.

Sensuyuent les monnoyes dor. Le pays dont elles sont for-
gees. Et les poix/ et mises dune chascune piece en son endroit.

Et premierement celles qui auront cours de present.

2ᵃ   (This page is occupied by the arms of France, supported by angels.)

[A. GOLD COINS.] 2^b

Escus au soleil de France.

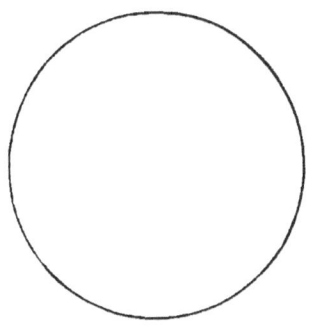 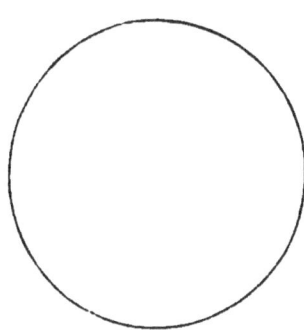

1. [E]scus soleil de France au pourtraict cy dessus: ensemble ceulx du porc espic: et ceulx du Daulphine qui seront du poys de deux deniers seize grains sont au prix de quarante solz tourn'. Item le demy diceulx du poys de vng denier huyt grains, a vingt solz tournoys.

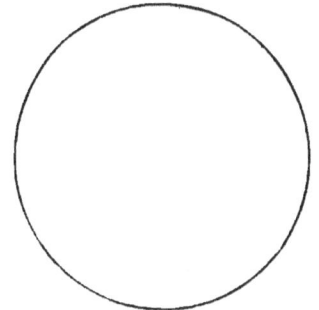 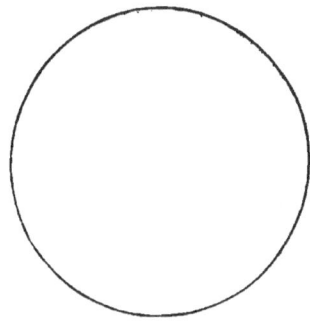

2. [E]scu corone de France au pourtraict cy dessus: qui seront du poys de deux deniers quatorze grains. sont a trente neuf solz tournoys. Item le demy diceulx du poys dung denier sept grains: a dixneuf solz vj. d'. t'. Et sont lesdictz escus coronnez or de escu: et valent rompus moins quilz poysent led' poys cy dessus. Et quil soit dor de escu de xxiij. caratz au prix de vj. liures vij s. vj deniers t'.

Le carat la somme de trente huyt solz tournoys.

1—2

3*   Le vieil escu de France.

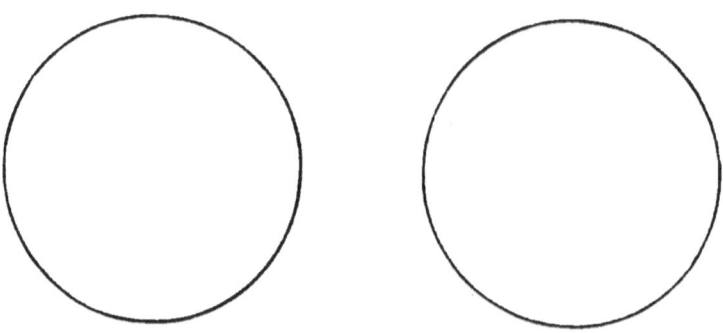

3. Escus vielz de France au pourtraict cy dessus du poys
de troys deniers. sont a quarante six solz t'.

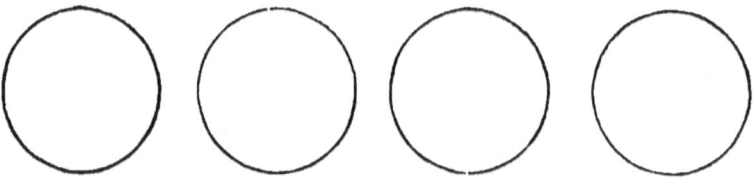

(These are small drawings of halves (?) of escu au soleil and escu corone.)

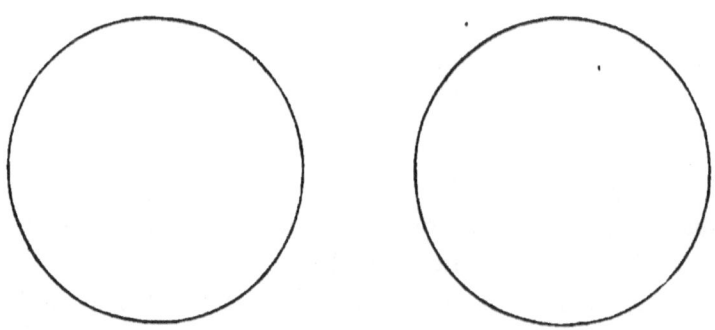

4. Royaulx de pays de France au pourtraict cy dessus:
qui seront du poys de deux deniers xxj. grain. sont a quarante
quatre solz six deniers t'.

Francs a cheval de France.

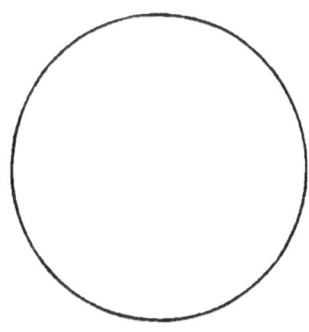 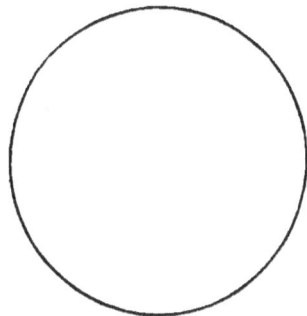

5. [F]rancs a cheval de france au pourtraict cy dessus/ ensemble ceulx a pied : qui seront du poix de deux deniers vingt et vng grain : Ilz sont a quarante et quatre solz six deniers tournoys.

Les salutz de Henri vᵉ a son nom roy Dangleterre.

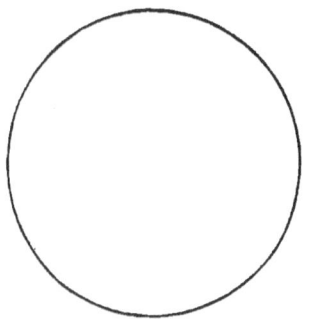 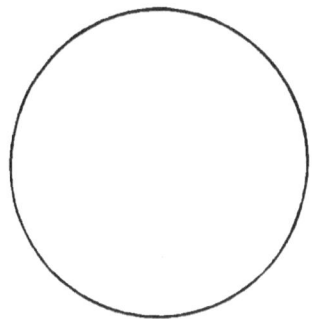

6. [S]alutz Dangleterre au pourtraict cy dessus du poix de deux deniers dix sept grains : Ilz sont a quarante et vng solz six deniers tournoys. Item les deux pars diceluy a lequipollent.

[B. SILVER COINS.]

4ᵃ   Textons de France.

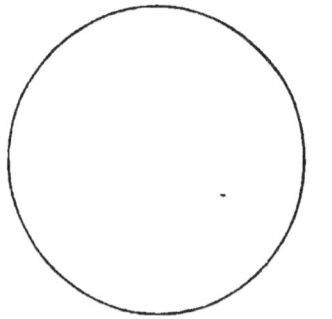 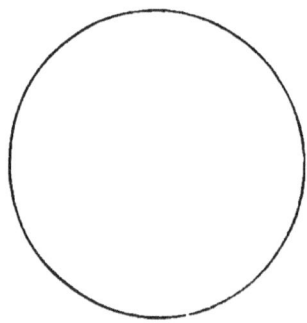

1. [T]extons de france a ce pourtraict: ensemble ceulx du roy loys xijᵉ. Et ceulx du Daulphine pesant vijd'. xij. grains seront prins pour x.s.t'.

2. Item le demy diceulx pesant iij. d'. xviij grains pour vst'.

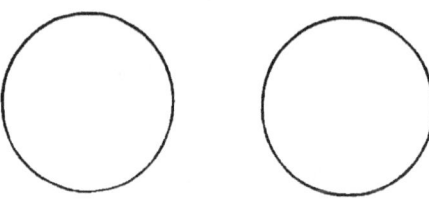

Demy textons De France.

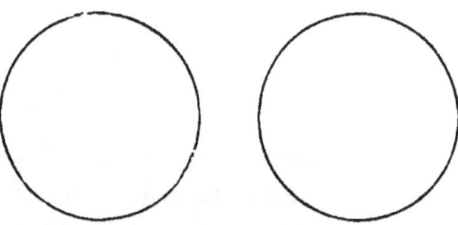

3. Les gros de France. vallent troys solz t'.

Les petites monnoyes de France. 4ᵇ

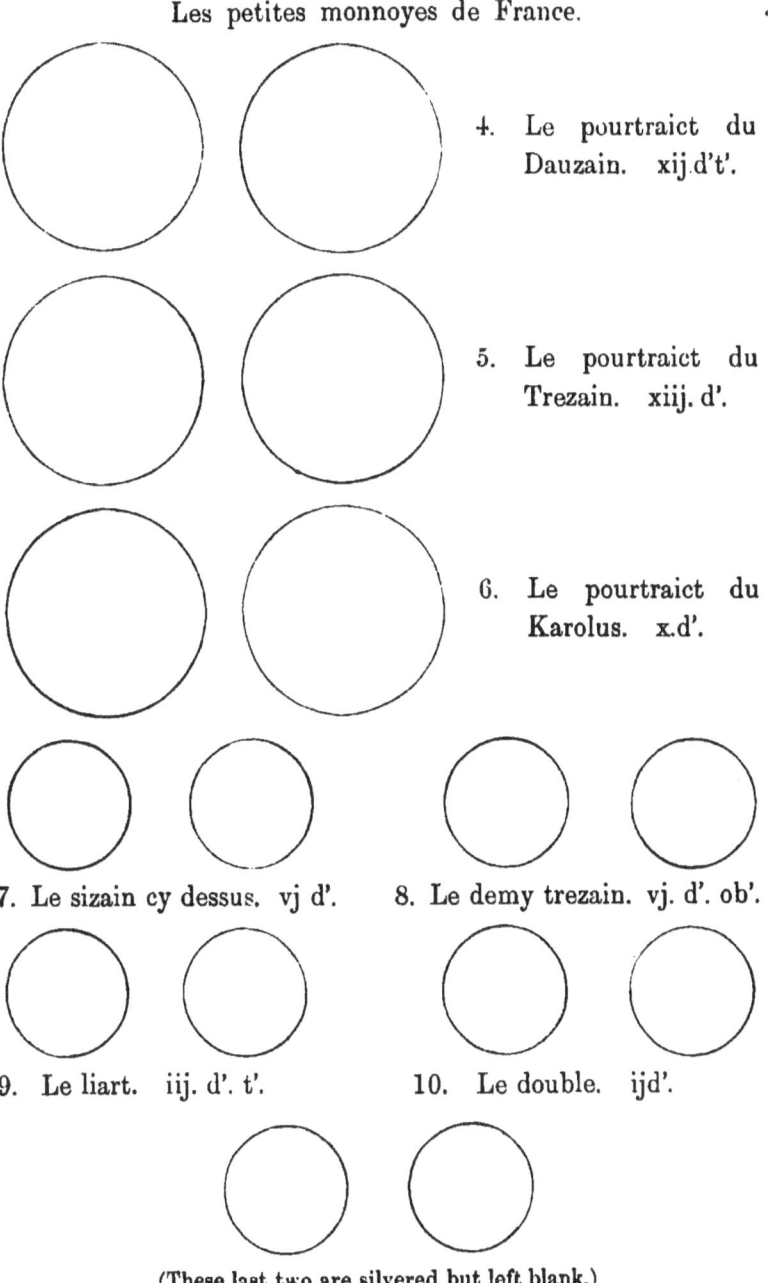

4. Le pourtraict du Dauzain. xij.d't'.

5. Le pourtraict du Trezain. xiij. d'.

6. Le pourtraict du Karolus. x.d'.

7. Le sizain cy dessus. vj d'.   8. Le demy trezain. vj. d'. ob'.

9. Le liart. iij. d'. t'.   10. Le double. ijd'.

(These last two are silvered but left blank.)

7ª   (The arms of England are emblazoned here.)

[A. GOLD COINS.]

1. [N]obles a la rose Dangleterre au pourtraict cy derriere du poys de six deniers: sont a iiij. liures. xij solz
vj. deniers tournoys.   Item les demys du poys de iij.d'.pour
xlvj.s. iij.d'. tourn'.
     Item le quart du poys de.i.d'. xij. grains. pour xxiij.s. i.d'.t'.

7ᵇ   Nobles a la Rose. Dangleterre.

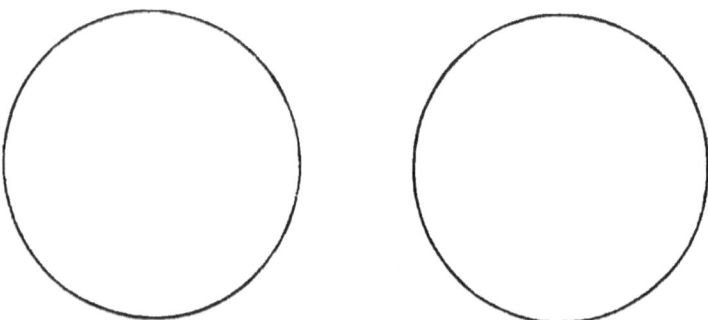

2. [N]obles de Henri Dangleterre au pourtraict cy embas.
du poys de v.d'. x.grains. pour iiij. liures iij.s.t'.   Item le demy
du poys de ij.d'. xxj. grain. pour xlj.s. vj.d'.t'.
     Item le quart du poys de .j.d'. xj. grains. pour xx.s. ix.d'.t'.

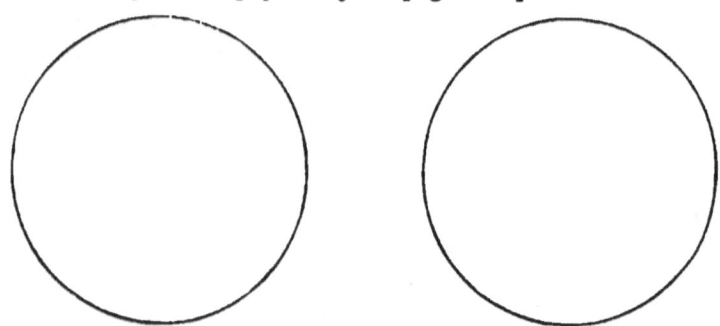

3. [L]yons dor de Bourgoine du poys de iij. deniers six
grains: pour quarante huyt six deniers tourn'.   Les deux tiers

pesant ij. d'. iiij. grains: pour. xxxij.s. iiij.d'. Le tiers diceluy.
pour xvj.s.vj.d'.

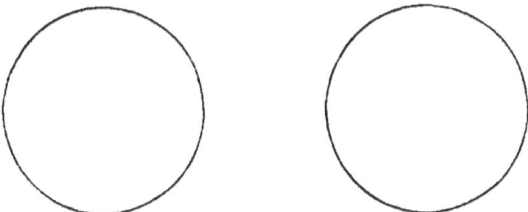

Lyons dor de Bourgoine. courantz icy.
Angelotz Dangleterre. 8*

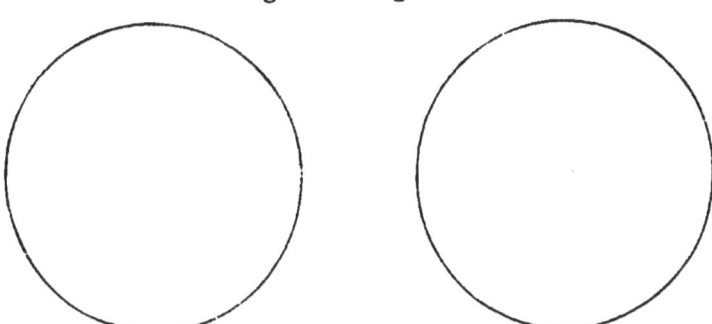

4. [A]ngelotz Dangleterre au pourtraictz cy dessus du poys
de quatre deniers: pour lxj.s.t'.
Item le demy diceulx du poys de ij.d'. pour xxx.s. vj.d't'.

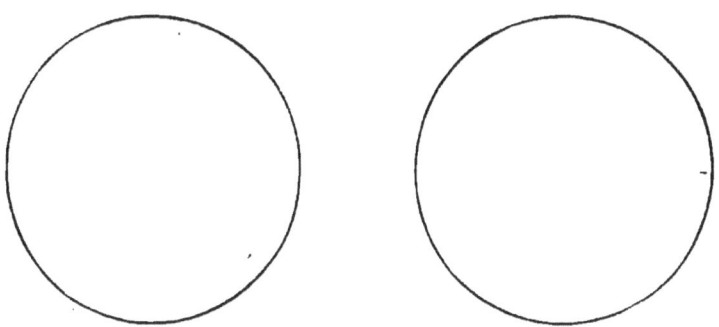

5. [N]obles de georges Dangleterre au pourtraict cy dessus
du poys de troys deniers troys quartz pour Cinquante huyt
solz tournoys.

8ᵇ   **Escu a la Rose Dangleterre.**

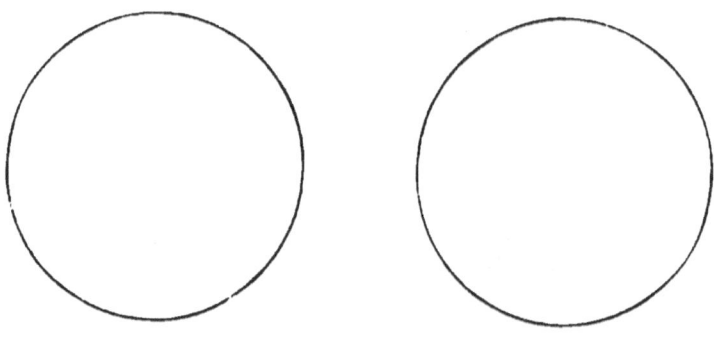

6. [E]scus a la rose Dangleterre au pourtraict cy dessus seront du poix de deux deniers xvij. grains Ilz sont au prix de xli.s.t'. Item le demy diceluy du poix de vng denier viij. grains et demy. a vingt solz six deniers t'.

Escu a la rose sans corone.

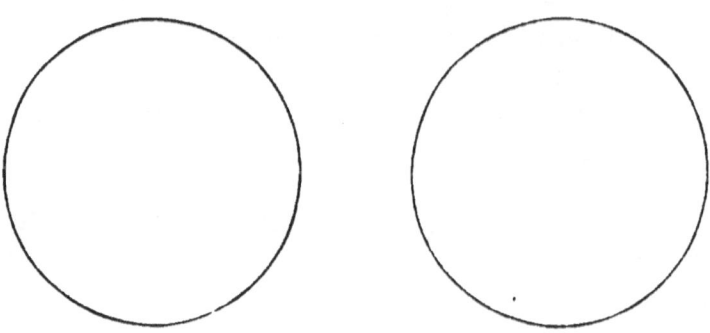

7. [E]scu a la rose Dangleterre sans corone au pourtraict cy dessus seront du poix de [deux] deniers xiiij. grains Ilz sont au prix de trente *et* neuf solz tournoys. Item le demy diceulx du poix de vng denier sept grains: sont a dixneuf solz six deniers tournoys. Et sont lesdictz escus a la rose sans corone valent *rom*pus trente et huyt solz tournoys.

8. Demy Angelotz Dangleterre. ^{9ª}

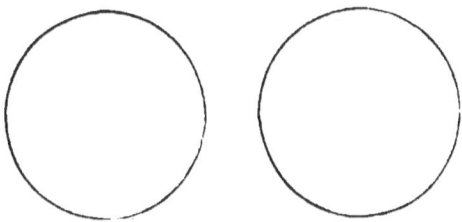

9. Demy Escu. Dangleterre a la Rose.

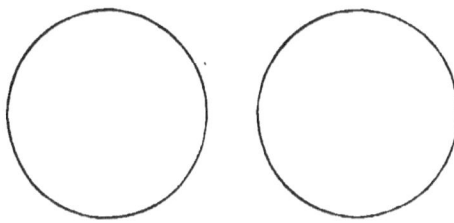

B. [SILVER COINS.]

1. Le vieil gros. Dangleterre.　pour iijs.t'.

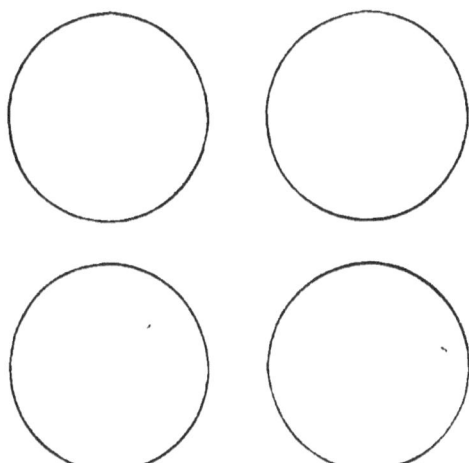

2. Le nouueau gros Dangleterre.　pour iij.s.t'.

9ᵇ 3. Les vielz demys gros   4. Les nouueaulx demys gros
              Dangleterre.   Dangleterre.

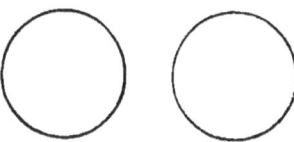

5. Les vielz deniers Dan-   6. Les nouueaulx deniers
              gleterre.   Dangleterre.

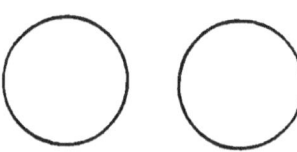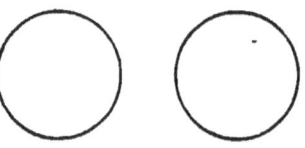

(These four circles are silvered and left blank.)

` Il est a noter les gros Dangleterre au pourtraict cy dessus
se souloient prendre pour troys solz tournoys.

Item le demy diceulx pour vng solz six deniers.

Aultres gros Dangleterre.

Item les gros Dangleterre qui ont des estoilles du coste de la
croix ne se souloient prendre que pour deux solz six deniers
torn'.

[A. GOLD COINS.]

1. [D]ucatz despaigne au protraict cy dessoubz doibuent 13ᵇ peser deux deniers xvij. grains. Ilz sont a quarante vng s. vjd't'.

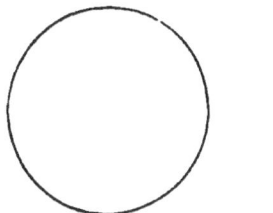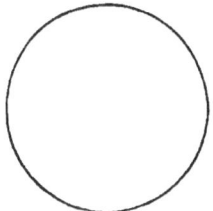

Ducatz despaigne a deux testes.

Les ducatz de Valence la grant.

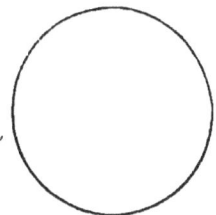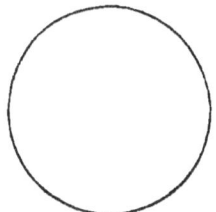

2. [D]ucatz de valence le grant au protraict cy dessus doiuent peser deux den'. xvij. grains: Ilz sont a xli.s. vj.d'.torn'.

Ducatz de Naples.   Ducatz de Venize.

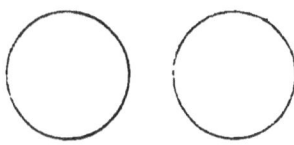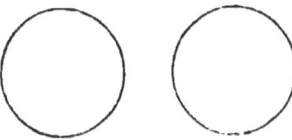

3. [D]ucatz de Naples au pourtraict cy dessus doiuent peser deux den'. xvij. grains. Ilz sont a quarante *et* vng solz six deniers tor'.

4. [D]ucatz de venize a ce pourtraict cy dessus doiuent peser deux den'. xvij. grains. Ilz sont a quarante et vng solz six deniers torn'.

14*   Ducatz de mantoue.   Ducatz de Senes.

5. [D]ucatz a ce pour-   6. Ducatz a ce pourtraict
traict doiuent peser. deux de-   doiuent peser deux deniers
niers vij. grains.   Ilz sont a   xvij. grains.   Ilz sont a xli. s.
xlj s. vj.d'.tourn'.   six deniers. t'.

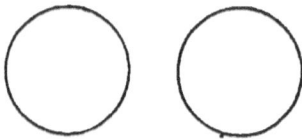   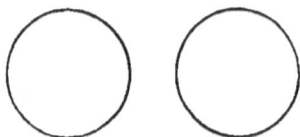

7. Ducatz a ce pourtraict   8. Ducatz a ce protraict
doiuent peser deux d'. xvij.   doiuent peser .ij.d'. xvij. grains.
grains. Ilz sont a xli s. vj.d'.t'.   Ilz sont a xli s. six d'.t'.

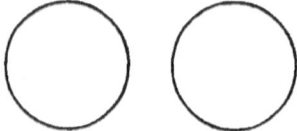   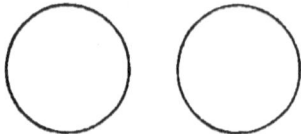

Ducatz de Florence.   Ducatz de Lucques.

Ducatz de Genes.   Ducatz de Hongrie.

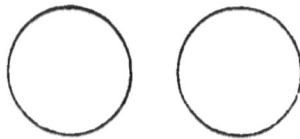   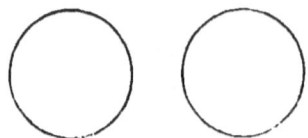

9. Ducatz a ce pourtraict   10. Ducatz a ce pourtraict
du poys de deux deniers xvij.   pesantz deux deniers xvij.
grains. Ilz sont a quarante et   grains: pour xli s. vj.d'.t'.
vng solz six deniers tournoys.   Aultres ducatz de hongrie.
   Aultres ducatz de genes.   Tous ducatz ayant dung coste
Ducatz a vne croix et de lautre   vng roy arme a pied : tenant
coste la merque de genes : et   vne pomme a lune des mains
vne fleur de lys dessus. Du poix   Et a lautre vne hache. du poix
que dessus. sont a quarante et   que dessus: sont a xli. solz six
vng solz. six deniers tournoys.   deniers t'.

Croisatz du Portugal.   14ᵇ

11. Croisatz a ce pourtraict qui sont du poix de deux deniers xvij. grains : pour xli.s. six deniers t'.

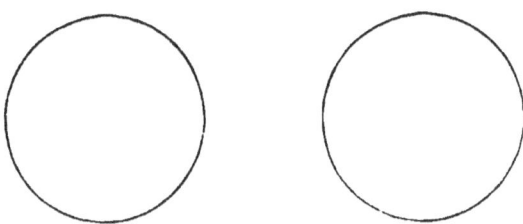

12. Ducatz de Salusse. larges.   Et premierement.

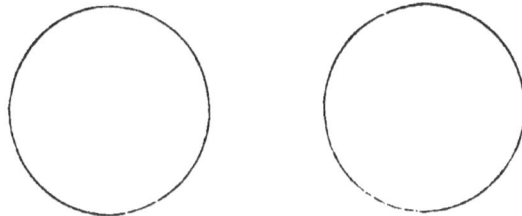

Ducatz a ce pourtraict. qui sont du poix de deux deniers xvij. grains. pour xli. s. six deniers t'.

13. Ducatz de bouloygne a ce pourtraict pesans ij. d'. xvii. grains : sont a xli.s'. vj.d'.t'.

Aultres ducatz de boul'. Ducatz ou dung coste a vng lyon rampant tenant en ses pattes vng guidon de bout. Quant sont du poix que dessus pour quarante et vng solz six deniers tournois.

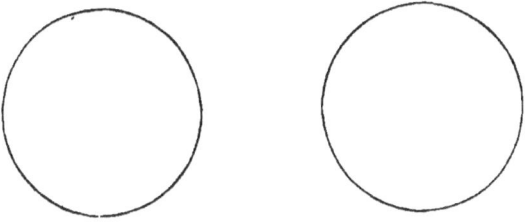

Ducatz de Bouloygne.

15* **14.** Ducatz de Romme. ou de chambre.

Tous ducatz qui ont dung coste Sanctus petrus et de lautre coste les armes de quelque pape ce sont ducatz de Romme ou de chambre et doibuent peser .ij. d'. xvj. grains Ilz se souloyent prendre pour xl.s.t'. Ils sont descries de mise.

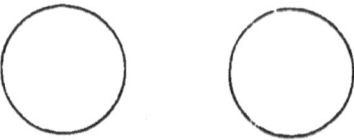

15. Doubles ducatz de Castille au pourtraict cy dessoubz du poix de cinq deniers dix grains sont a iiij. liures iij. solz tourn'.

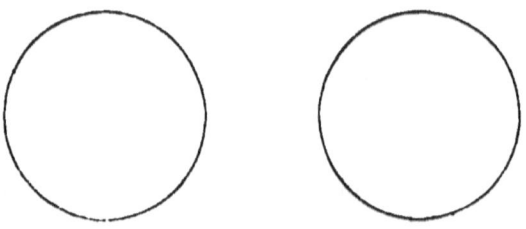

Doubles ducas de Castille.

Doubles ducas de la Mirandolle.

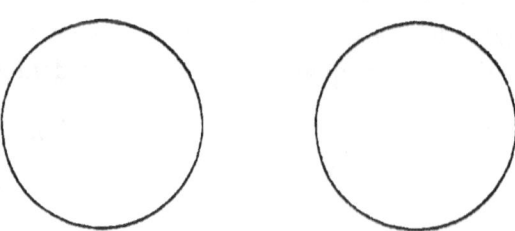

16. Doubles ducatz au pourtraict cy dessus escript du poix de cinq deniers huyt grains : se souloyent prendre pour quatre liures : maintenant sont hors de mise et descries.

Item les simples ducatz diceulx pesans deux deniers xvj. grains : qui se prenoyent pour xls. sont descries de mise.

Aultres doubles ducatz de la Mirandolle.

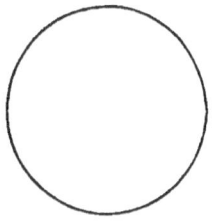 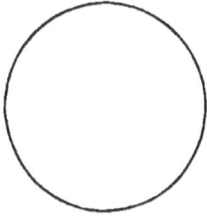

17. Doubles ducatz au pourtraict cy dessus: ensemble ceulx qui ont vne ascension. et tous aultres de la mirandolle. pesant v. deniers et huyt grains: reserues ceulx au bonnet. Ilz se souloyent prendre pour troys liures quinze solz tournoys. Maintenant sont descries de mise.

Item les simples ducatz diceulx du poix de ij. deniers seize grains : qui se souloient (pour trente et sept solz six deniers t') prendre. Sont descries de mise.

18. [L]e florin Philippus au pourtraict cy dessoubz du 16ᵃ poix de deux deniers xiiii. grains : est a xxvj.s. iij.d't.'

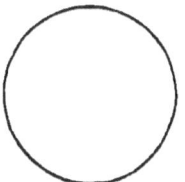 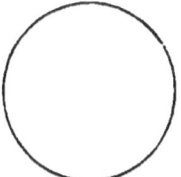

Le philippus de bourgoine.

Le florin au traict cy dessoubz.

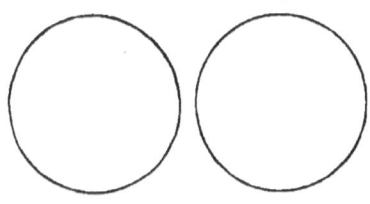

19. Florins au protraict cy derriere du poix de deux deniers douze grains. sont a .xxv.s. ix.d'.torn'.

[P]our ce que aux allemaignes plusieurs princes tant Ducz/ que Contes. Marquis. Archeuesques. et Euesques font forger monnoyes dor et dargent/ vng chascun a son coing. Considerant que les florins sont de diuers prix et frappes en diuerses manieres de coingz: et souuent sen trouue en ce pays pour ce sera cy apres par ordre monstre les differences diceulx. le pays dont ilz sont. *et* leurs protraictz faictz au vif. Ilz doiuent peser ij.d'. xiiij. grains. tous ceulx cy apres specifiez quon souloit prendre pour xxx.s.t'. maintenant ilz sont descries sans mise/ estre sisaillees *et* mys au feu pour billon.

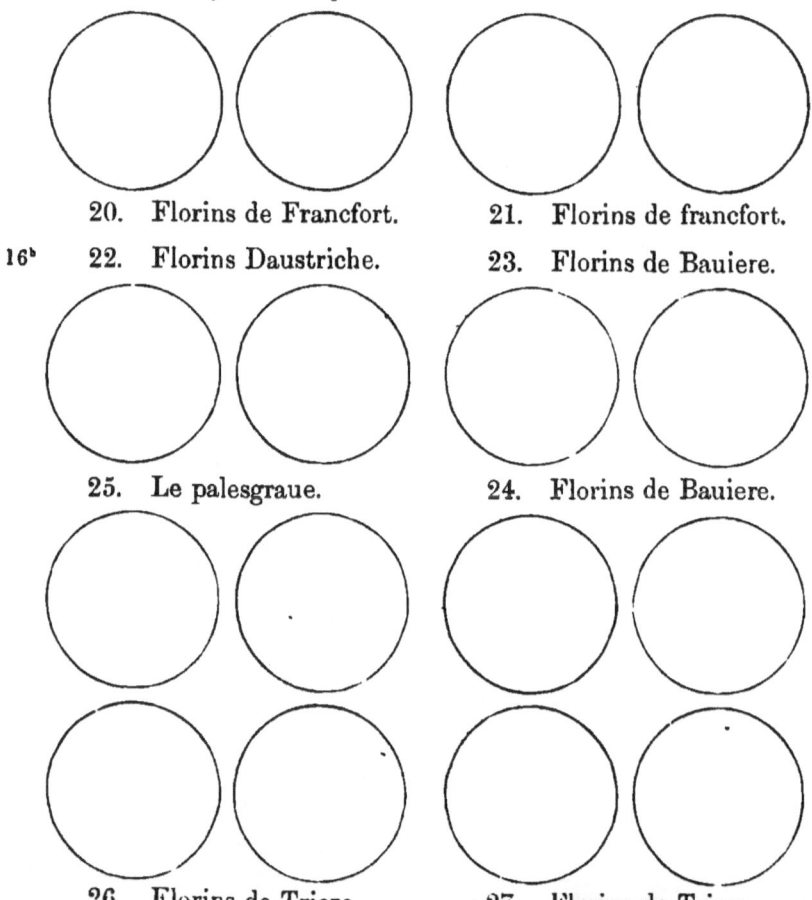

20.   Florins de Francfort.   21.   Florins de francfort.

16ᵇ   22.   Florins Daustriche.   23.   Florins de Bauiere.

25.   Le palesgraue.   24.   Florins de Bauiere.

26.   Florins de Trierc.   27.   Florins de Trierc.

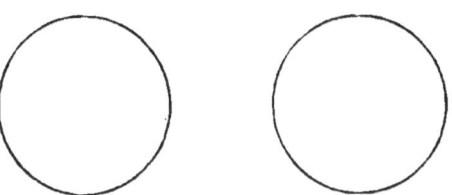

28. Florins nouueaulx de Basel.

29.   30. Florins du Mans.   17ᵃ

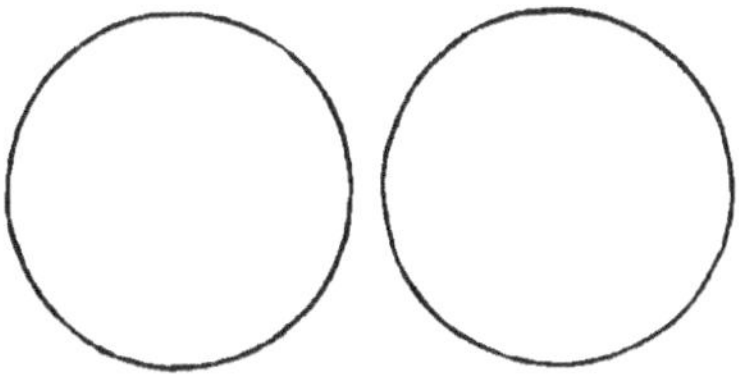

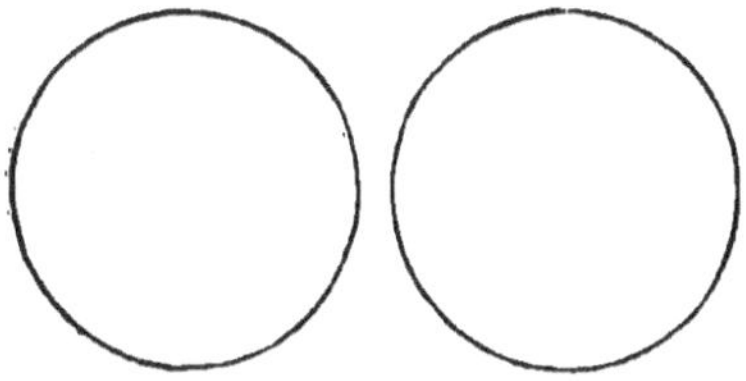

32. Florins de Coloigne.   31. Florins du Mans.

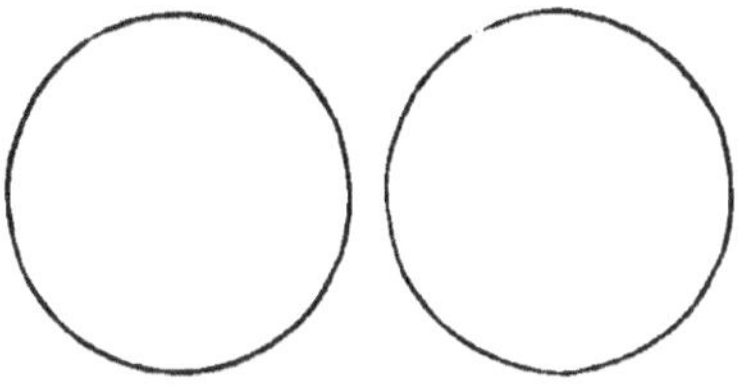

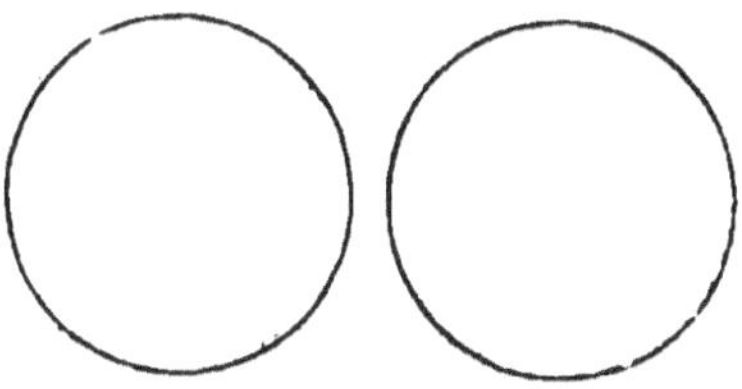

33. Florins de Coloigne.   34. Florins de coloigne cydessoubz.

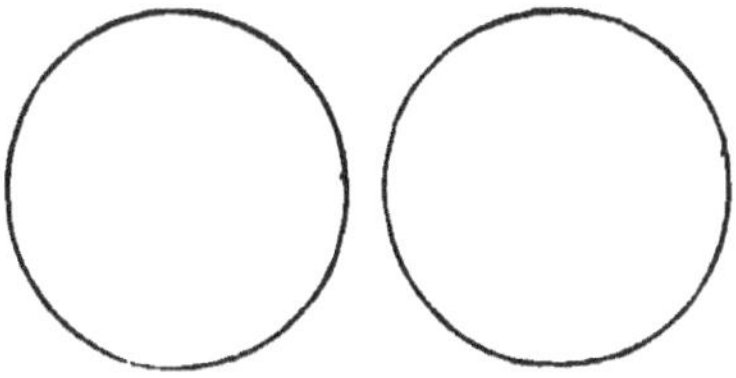

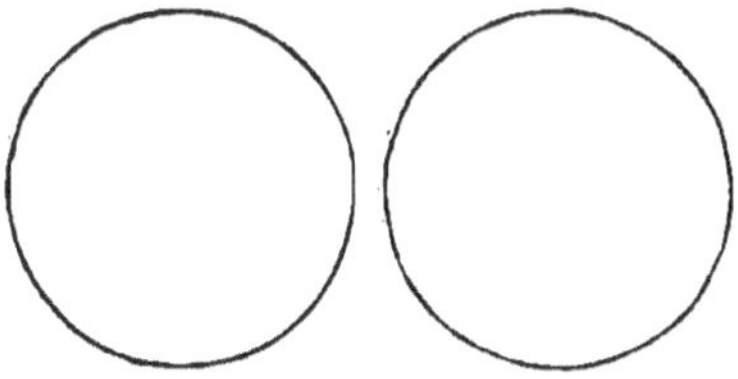

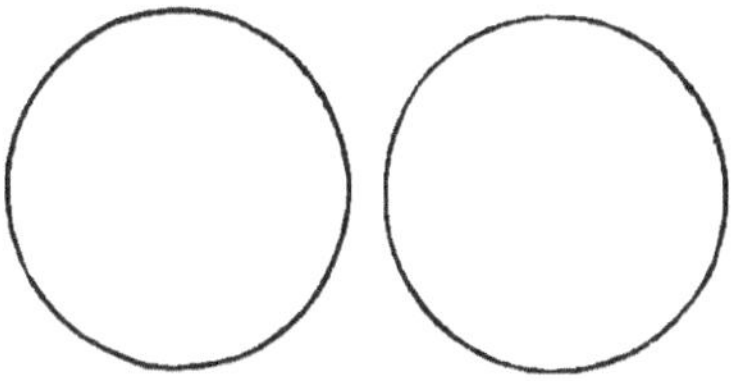

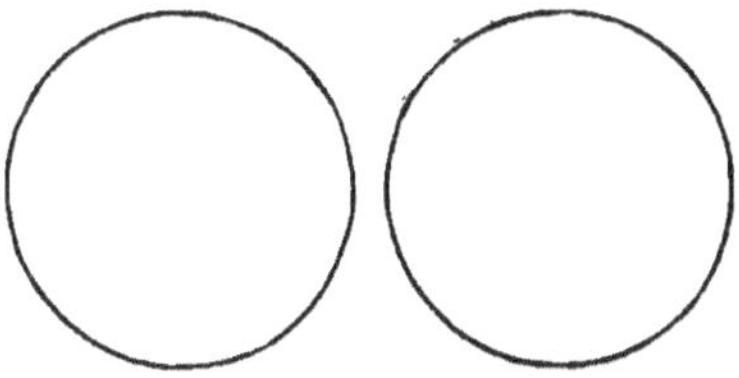

36. Florins de Salsebourch.   35. Florins de salsebourch.

2—2

17ᵇ   **37.** Florins nouueaulx de Bauiere.

38. Florens de Nuremberch.

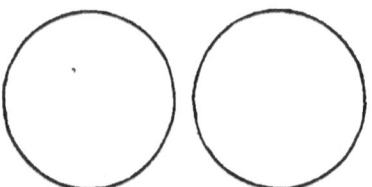
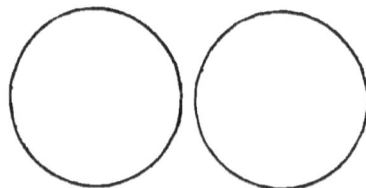

40. Florins de Saxe.

39. Florins de Brandeborch.

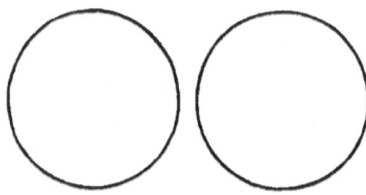
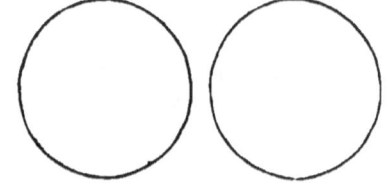

41. Florins de Nuremberch.

42. Florins de Bade.

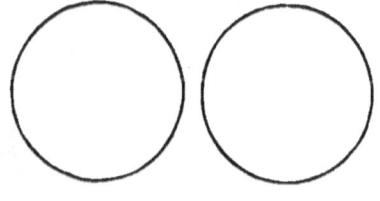
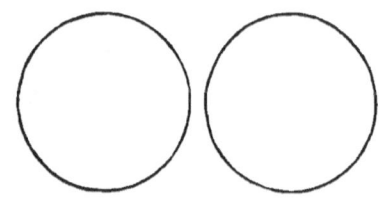

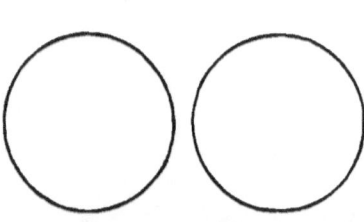
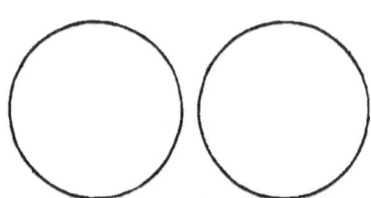

44. Florins de Nerlingue.

43. Florins de

[S]ensuyuent les pourtraictz des Florins. lesquelz sont faulx 18ᵛ
La maniere de les congnoistre: ilz ont tout le tour dor: Il sont
de poix/ et ne valent que six solz t'. De chascune sorte sen
est faict quatre centz mille.

45. [F]lorins a ce pourtraict cy dessoubz ayant entre les
piedz de sainct iehan vne petite corone et vne estoille dessus:
ilz sont faictz sur la forge de Francfort. Et sont faulx.

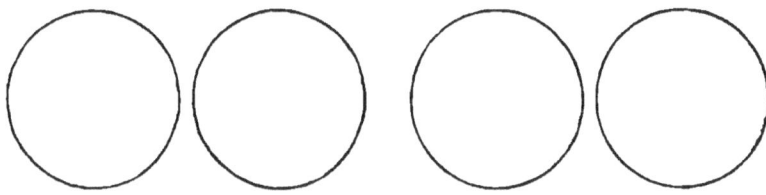

46. [F]lorins a ce pourtraict cy dessus ayant soubz les
piedz de leuesque vng escu: et au dedans vng monde: ils sont
forgez sur la forge de Coloigne. Et sont faulx.

47. [F]lorins au pourtraict cy dessoubz ayans vng dieu
assis/ et dessoubz ses piedz vng double.vv. au dedans du
rondeau et de lautre coste les armes des iiij. electeurs. Ils sont
faulx.

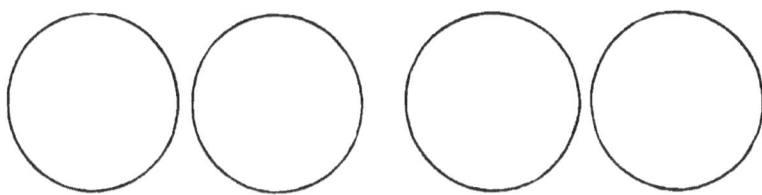

48. [F]lorins au pourtraict cy dessus ayans dung coste le
monde: et de lautre coste vng sainct Iehan et entre ses iambes
vng petit escu: et dedans lescu vng lyon. Ils sont forgez sur
la forge de Lucembourg. Et sont faulx.

18ᵛ   Florius faulx.   De maximilian.

49. [F]lorins a ce pour-   50. Les florins a ce protraict ayans dung coste vng   traict cy dessoubz se souloient
monde : et de lautre coste vng prendre au prix. du Philippus:
sainct pierre/ ayant vne es-   qui est vingt et six solz troys
toille sur la poictrine : ilz sont deniers tournoys. Ilz sont de-
forges sur la forge de Am-   scries de mise.
beurch. Ils sont faulx.

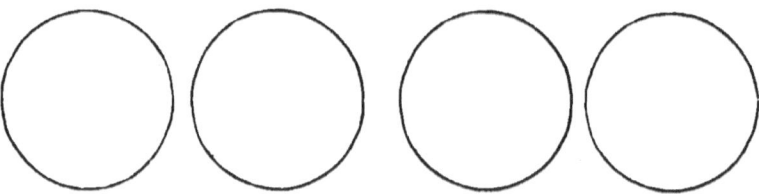

51. Les Realz nouueaulx. Dallemaigne de fin or/ au pourtraict cy dessoubz pesans iiij. deniers iiij. grains. se souloient
prendre pour troys liures quatre solz tournoys.   Ilz sont descries de mise.

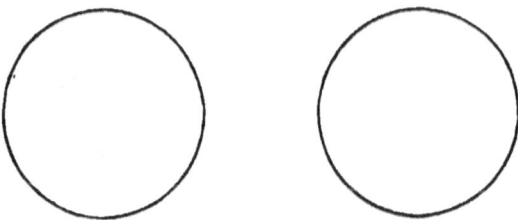

Real nouueau Dallemaigne.

Nouueau demy Real Dallemaigne.

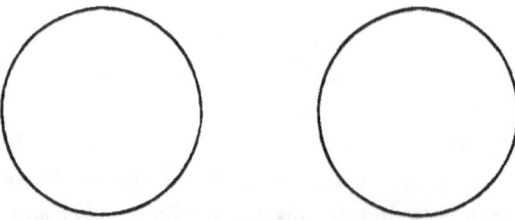

52. La nouueau demy Real dallemaigne a ce protraict

pesant ij. d'. xvj. grains. se soloient prendre pour xxxj. solz tor.
Ilz sont descries de mise.

53. [L]e nouueau Florin dallemaigne au pourtraict cy des- 19ᵛ
soubz du poix de deux deniers six grains : ilz se prenoient pour
xxj solz six den'. t'. Ilz sont descries de mise.

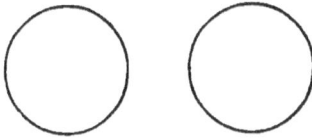

Nouueau florin Dallemaigne.

54. [N]obles de flandres au pourtraict cy dessoubz se soloient
prendre pour quatre liures troys solz. Ilz sont descries de mise.

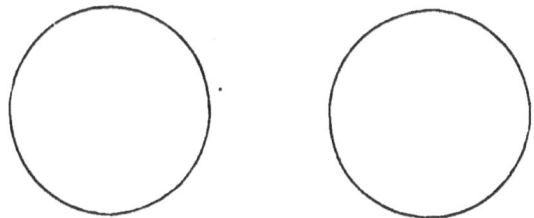

Nobles de flandres.

Escus de Pape forges en Avignon.

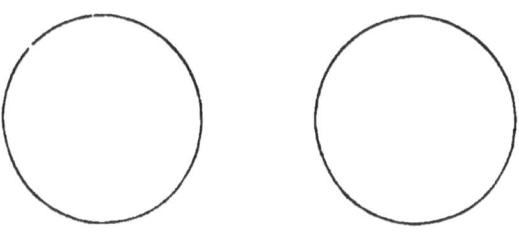

55. [E]scus de Pape forges en auignon au protraict cy
dessus pesans deux deniers seize grains se soloient prendre pour
trente neuf solz six deniers tornoys.

19ᵛ   56. Escus a Leigle au pourtraict cy dessoubz du poix de
deux den'. de xvj. grains: se prenoient pour xxxvj.s.t'. maintenant sont descries de mise: sisallees *et* mys au feu pour billon.

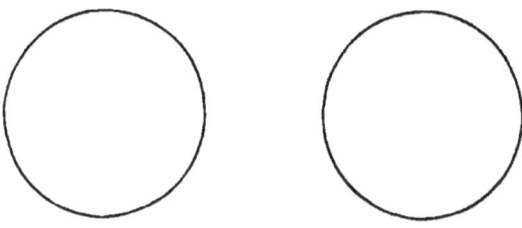

Les escus a leigle.

57. Escus de Salusse au pourtraict cy dessoubz du poix
de deux den'. xvj. grains : se prenoient pour xxxvj. s. t'.   Ilz
sont descries de mise.

Les escus de Salusse.
Les escus de Sauoye.

58.   Escus de Sauoye au protraict cy dessus du poix de
deux deniers seize grains. se souloient prendre pour trente neuf
solz tournois.

Aultres escus de sauoye.   Item escus de Sauoye sans soleil
ayans dung coste vng homme arme a cheual du poix que dessus.
souloient estre prins pour trente six solz tournois.

59. Escus nouueaulx de Genes au prourtraict cy embas du 20ᵉ poix de ij. d'. xvj. grains se souloient prendre pour. xxxix. s' t'. sont descries de mise.

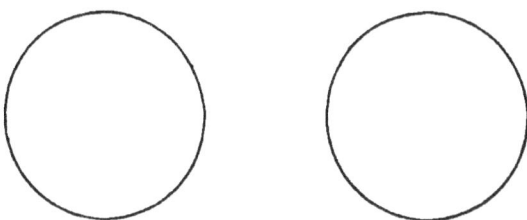

Escus nouueaulx de Genes.

Escus aux Flesches.

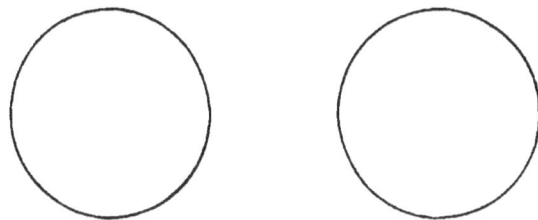

60. Escus aux flesches au pourtraict cy dessus du poix de deux deniers seize grains: se souloient prendre pour trente huyt solz tourn'. maintenant sont descries de mise. et estre sisalleez et mys au feu pour billon.

(The verso of leaf 20 is blank.)

[B. SILVER COINS.]

[S] ensuyuent les petites et grosses monnoyes dargent 21ᵃ ayant de present cours ou non. Et la maniere de les congnoistre: La quelle sera monstree par les pourtraictz de vne chascune piece/ Lesquelles pieces seront congneus par les tiltres de dessus. La congnoissance des poix et valeues de icelles sera par lescripture de dessoubz. Et

par ce/ se pourront discerner/ toutes pieces/ monnoyes Lesquelles
de iour en iour sont presentees deuant les yeulx de plusieurs
personnes lesquelz souuentesfoys en sont esbahys trompez et
deceuz. Pour ce est il necessite que par ordre soyent de-
clarees lesdictes pieces selon le Taux royal de France. ainsy
que on peult veoir dedans ce present escript.

Testons forgez en la duche de Millan. et ceulx forgez en
Allemaigne quant seront du poix de sept deniers douze grains
Ilz seront prins pour dix solz tournoys la piece.

21ᵛ   1. [T]estons de Millan au pourtraict cy dessoubz ensemble
ceulx qui ont dung coste sainct ambroise qui ont vne teste de

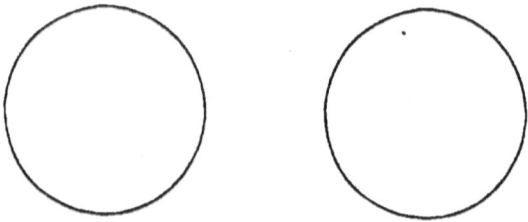

Testons de Millan.

chascun coste : et tous aultres forges a Millan qui sont du poix
de vij.d'. xij.grains : sont a x.s.t'.   Item le demy diceulx du
poix de iij.d'. xviij. grains. sont a v.s.t'.

Testons de Berne.

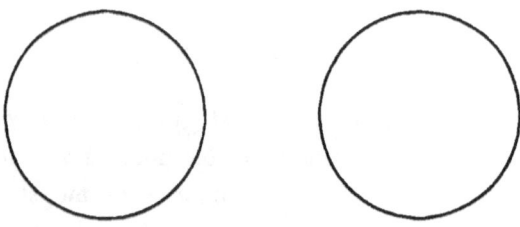

2. [T]estons de berne au pourtraict cy dessus quant sont
du poix de sept deniers xij. grains.   Ilz sont a dix solz tourn'.

Testons de Syon.

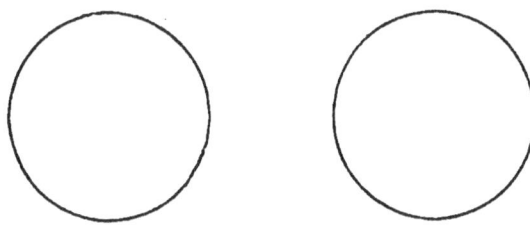

3. [T]estons de Syon au pourtraict cy dessus quant sont du poix de sept deniers douze grains. Ilz sont a dix solz tournoys.

Les testons de Bade.

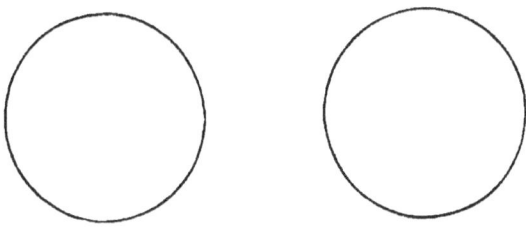

4. [T]estons de Bade au pourtraict cy dessus du poix de vij. deniers xij. grains : sont bons pour x.s.t'.

Testons de Fribourch.

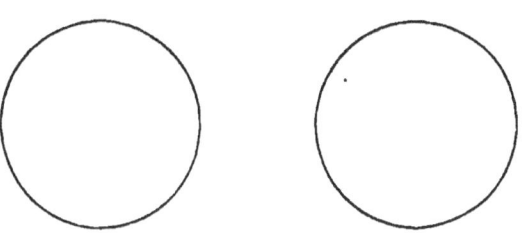

5. [T]estons de Fribourch au pourtraict cy dessus du poix de vij. deniers. xij grains : seront prins pour xs.t'.

Testons de sauoye.

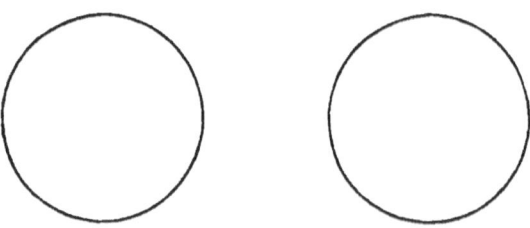

6. [T]estons de Sauoye au pourtraict cy dessus du poix de sept deniers dix grains : sont a ix.s. vj.d'.t'.

Item le demy diceulx pesant troys deniers dixsept grains : est a quatre solz neuf deniers tourn'.

22ᵇ   7. [T]estons de Lauraine au pourtraict cy dessoubz pesant sept deniers douze grains : estoient a neuf solz tourn'.

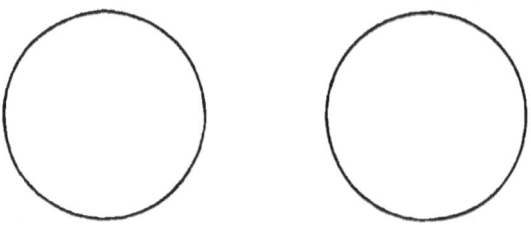

Les testons de lauraine.

8. [T]estons de Montferrat au protraict cy dessoubz pesant vij. d'. xij. grains. ilz se souloient pour ix. s. t'. Ilz sont descries de mise.

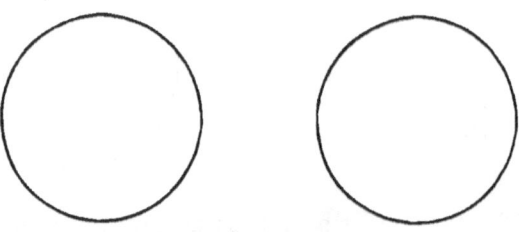

Testons de Montferrat.

9. [T]estons de Portugal au protraict cy dessoubz pesant vij. d'. xij. grains: se soloient prendre pour x.s.t'. Ilz sont descries de mise.

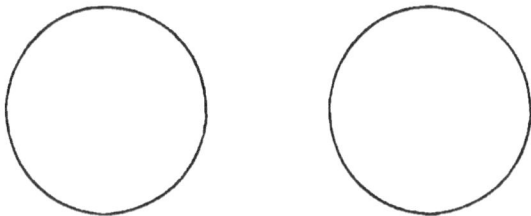

Les testons de Portugal.

10. NOTA. [S] Ensuyt pour les testons de Ferrare. Testons de Ferrare ayans dung coste vne teste nue/ et de lautre coste sept serpens entrelassees doiuent peser vj d'. Ilz se soloient prendre pour vij.s. vj.d'.t'. Ilz sont descries.

Trezains de Genes. 23*

11. [T]rezains de Genes au pourtraict cy dessoubz pesant dix d'. dix grains : estoient a xiij.s.t'. Ilz sont descries de mise.

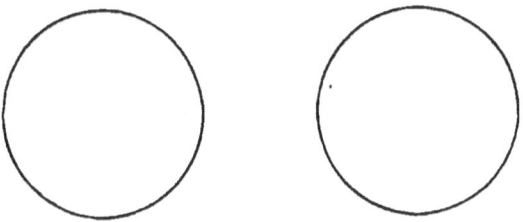

Reigle a toutes monnoyes de Genes sensuyt.

Item pour ce que a Genes se sont forgez diuerses monnoyes dargent differentes en poix et en prix. il est licite a toutes gens de les peser / et que selon leur poix soyent achetees/ a i. s. iij deniers t'. pour denier dargent quant cest bon argent : et non aultrement.

Testons de salusse.

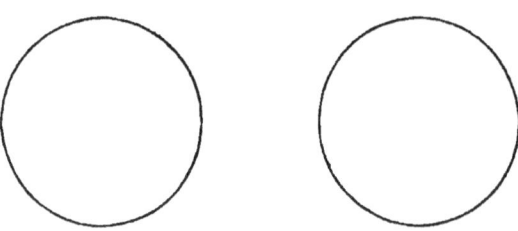

12. [T]estons de Salusse au pourtraict cy dessus pesant sept deniers xij. grains se prenoient pour.vj.st'. sans mise.

Testons de Pise.

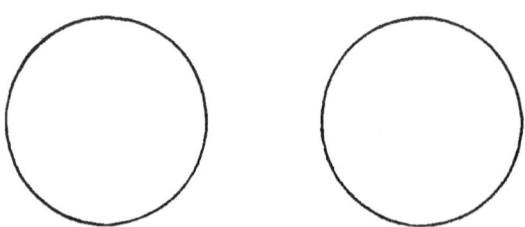

13. [T]estons de Pise au pourtraict cy dessus du poix de sept deniers douze grains : se souloient prendre pour six solz tournoys: maintenant sont descries de mise. et sisaillees pour billon.

23ᵇ   14. [T]estons au protraict cy dessoubz pesans vij.d'.xij.grains. se prenoient pour six solz six d'.t'. Ilz sont descriez de mise.

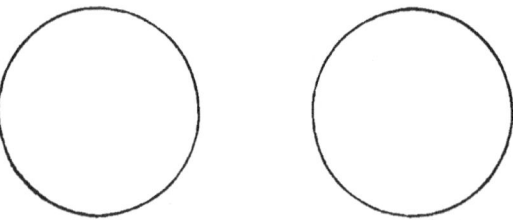

Testons forges Auxparties de Piedmont.

Item est a noter que de ceste sorte dessud'. en a este faict qui sont de plus gros alloy : la maniere de les congnoistre cest quʼilz ont la teste tournee dautre coste que ceulx qui sont protraictz cy dessus.

Testons forges Aux parties de Piedmont.

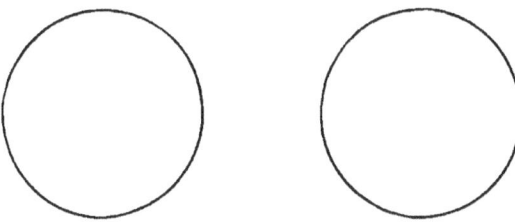

15. [T]estons de piedmont au protraict cy dessus pesans vij.d'. douze grains. se soloient prendre pour vj.s.t'. Ilz sont descriez de mise.

Testons de Montferrat.

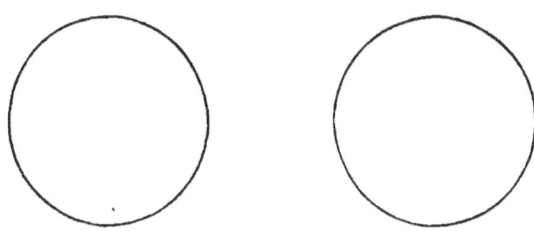

16. [T]estons de Montferrat au pourtraict cy dessus pesans sept deniers douze grains: se soloient prendre pour six solz tourn': Ilz sont descriez de mise.

Testons forges es parties de piedmont. 24*

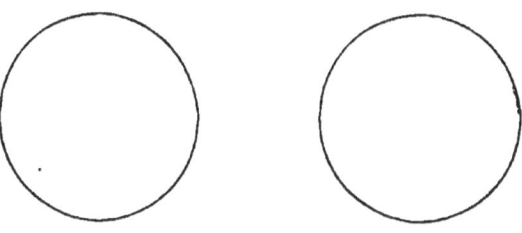

17. Testons au pourtraict cy dessus pesant vij. den'. xij. grains: se souloient prendre pour six solz tournoys. Ilz sont descries de mise.

Testons des parties de Piedmont.

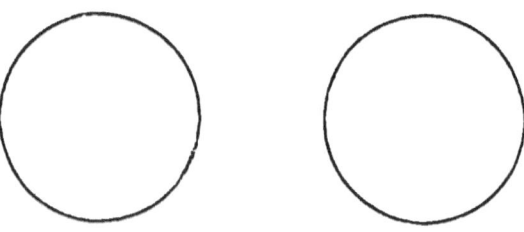

18. [T]estons au pourtraict cy dessus/ du poix de vij.d'.
xij. grains se souloient prendre pour vj.s'.t'.   Ilz sont descries
de mise.

Testons Nouueaulx de piedmont.

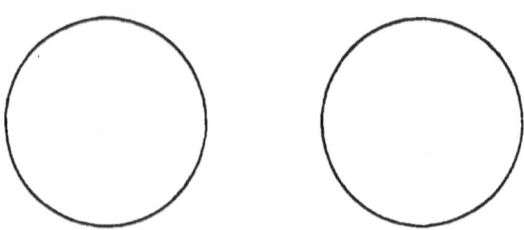

19. [T]estons nouueaulx de Piedmont a ce pourtraict cy
dessus du poix de sept deniers xii. grains Souloient prendre
pour six solz tournoys.   Ilz sont descries de mise.

24ᵇ   Cornabotz de Piedmont.

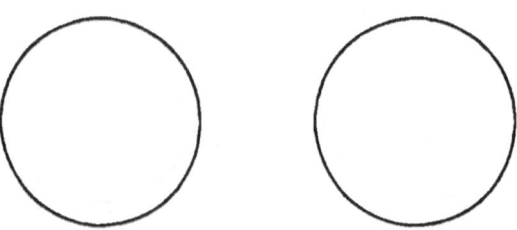

20. [C]ornabotz au pourtraict cy dessus se souloient
prendre pour troys solz tourn'.   Ilz sont descries de mise.

Cornabotz de Montferrat.

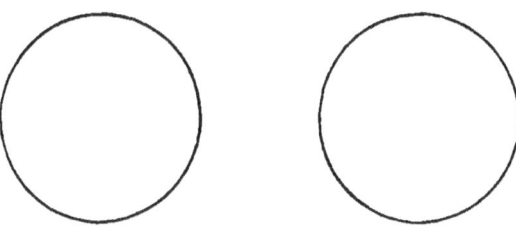

21. [C]ornabotz de Montferrat a ce pourtraict se souloient prendre pour iij.s. vj.d'. Ilz sont descries de misc.

Cornabotz de salusse.

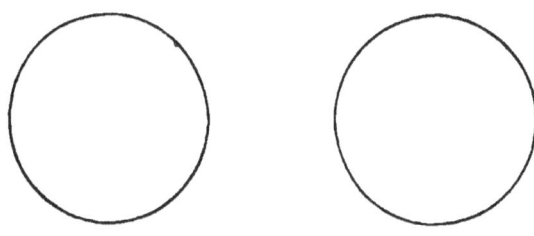

22. [C]ornabotz de Salusse au pourtraict cy dessus. se souloient prendre pour troys solz tournoys. Ilz sont descries de mise.

Cheualotz Dast.   25'

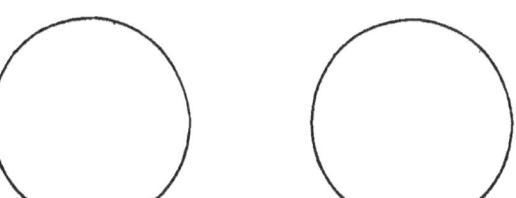

23. [C]aualotz Dast au pourtraict cy dessus se souloient prendre pour ij.s.t'. Ilz sont descries de mise.

Berlingues de Uenize.

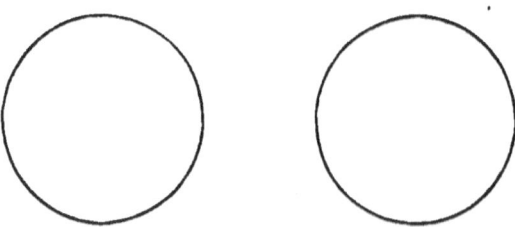

24. [B]erlingues de Uenize au pourtraict cy dessus pesant cinq deniers se soloient prendre pour deux solz six deniers t'. Item les demyes quant pesent deux deniers douze grains. pour troys solz troys deniers tour'.

Realz De Castille.

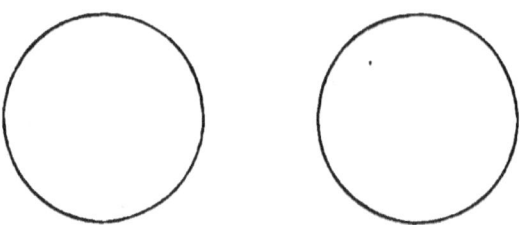

25. [R]ealz de Castille au pourtraict cy dessus pesans deux deniers seize grains se souloient prendre pour troys solz quatre deniers tourn'. Ilz sont descries de mise.

[Leaf 25ᵇ is blank : 26, 27, and 28, probably all blank, are cut out : 29ᵃ is also blank.]

29ᵇ   [A]Ffin que toutes gens entendent ceste praticque : et que a tous elle puisse proffiter. Il est necessite que vng chascun entende que toutes pieces dedans ce petit liure inserees. ausquelles est dessoubz escript. (Se prenoient ou souloient prendre.) Elles sont toutes descries de mise : et sont pour billon. Et est defendu de nen faire nulz poyemens. Les aultres quant sont de poix sont receuables a toutes personnes. Et leur est permys cours pour le prix quelles sont tauxees et non aultrement: et est defendu a tous generalement de ne les receuoir. ne mettre que pour leur taux dessusdict. Sur peine de confiscation de corps et de biens Et veult nostre syre le Roy que diceulx soit faicte Justice rigoureuse: et q*ue* ladicte ordonnance soit partout publiee/ et entretenue *et* gardee sans aulcune corruption dicelle.

[END OF THE PRATICQUE.]

30ᵃ   All thes ben Mintis in Fraunce:

Paris	c. v.	Saint pursaint	r. i.
Rone	a. f.	Marscon [so for Matscon]	a. g.
Crimone	k. l.	Digeon	f. r.
Romayns	a. i.	Troye	r. a.
Mirabell	r. a.	Tornay	n. r.
Mountpeller	o. o.	Saint Quintyns	o. n.
Tholouze	b. n.	Sent lo	r. e.
Tours	g. c.	Seint Andrew	n. o.
Angers	d. n.	Seint Machelt	r. n.
Poiters	e. g.	Bourges	i. m.
Rochell	i. d.	Orleaunce	a. r.
Limoges	g. e.	Chaloins	p. r.

*   *   *

30ᵇ   Pleasithe your grace to take of everi vnce but a pennye for your coynage yet shall ye wynne everi c markes troye

$$iij^{li} \ vj^s \ viij^d$$

In primis in a c markes ye shall fynde viij° unces and viij° pense makith iuste the somme aforsaide $iij^{li} \ vj^s \ viij^d$

Item in ij° markes yoʳ grace shall wynne $vj^{li} \ xiij^s \ iiij^d$

Item in iiij° markes yoʳ grace shall wynne $xiij^{li} \ vj^s \ viij^d$

Item in viij° markes yʳ grace shall wynne $xxvj^{li} \ xiij^s \ iiij^d$

Item in xvj° markes yʳ grace shall wynne $liij^{li} \ vj^s \ viij^d$

Item in xx° markes yʳ grace shall wynne $lxvi^{li} \ xiij^s \ iiij^d$

And so in euerie ij^ml markes laie your grace wynnethe in your coynage at penne a vnce lx and vi^li xiij^s iiij^d wiche amountith nomore the ij^ml markes troye but m^l pounde in cooper, and to euerie pounde laie in siluer but ij vnces and half so wynnithe your grace bi yoʳ laie in euerie vnce xiij^d qua. di. and in euerie pounde xvij^s x^d toward the workis.

So youre grace wynnethe in euerie m^l weight troye a m^l iij^c li. xxxvij^s. vij^d. sterlinge.

*   *   *

And wher as I haue expressyd vn to your graace be fygure 31ᵃ
the grett aduantage and gayne vpon this alaye and coynnage.
How meche more thane shalle your grace wynne. Be your
exchannge of the sayde meynte and coynnage by vertu of your
moste hygh and dradde commanndment made and proclaymyde
thorowout your contrays Ilys and senoryes in likemaner and
forme as alle othir kyngys prynces dukys and bysshoppys dothe
thorowout alle crystendom. Nat only for thar owne syngular
aduanntage and lycur but also for the mayntenannce of thar
contrayes lordshippys and senoryes by vertu of which proclay-
macion dothe charge and commannde vpon payne sessyd at the
fyrste tyme and afterwarde vpon payne of dethe that no man
of what estate or degree he be off be so hardy to Resayue nor
take for nomaner of merchanndyse. No strange coyne mynted
out of thar sayd contrayes onlesse thay take yt for bolyon. 31ᵇ
Wᵗout that the sayde. Strange moyntes be prouyd and valuyd
be hys moynte mastres. Yet notwᵗstandyng thar valuacion.
The sayde strange coynes shalbe sessyd of a lesse valew and
some. Than thay be worthe So that allwayes thar contrays
shalle haue the vantage and gayne of alle other contrays. And
specially of thys your Reame of England. Seyng that your
gracius heyghnes and your noble progenitors tyme wᵗout mynd
hathe made nomaner of coyne but only gold and syluer.
Whyche alle the worlde couetyth to carry out of thys your
Reame. as well strangers as your owne sugettis.

Syr thar may be axyd a question. What aduantage shulde
strangers haue to carry out golde and syluer out of your
Reame. seynge the golde and syluer ys * Ratyd at so heygh a 32ᵃ
valure.

The question ys sone awnsweryd for thar comyth nor
Resortyth no strangers in to your Reame bryngyng onny maner
of merchanndyse but he Ratith hys wares after the hyghe of the

monay so that he shalbe neuer no losar by reason of carryng
out hys monay.   But commonly thes strangers ar well assuryd
yf thay bey anny of your commodites growyng wᵗin this your
reame to be a losar.   The reason why. by cause alle your
commedites be of lesse valew wᵗin thar contrays than wᵗin your
Reame of England.   The Reason why by cause euery stranger
settyth most be thar owne commodyteys.   Whiche ys a clene
contrary to your sugettys. ffor dyuars your marchantys ar
32ᵇ the desstroyars * of your commediteys for lacke of good ordur
and knowlegge and yett no staye made for the speciall ayde
and mayntennannce of your commonwelthe. ffor whan yt ys
thowght by your gracius heyghnes and your noble counsellours.
That nessassary yt ys to make Restraynte of sertayne wares
cornes and odyr vytallis for a comon welthe.   Than well ys
he. that can make his frendys unto your grace ffor lysense of
the same and consedryth no thyng neyther thaboundannce
in odyr contrays nor yett the scassete of thys your Reame. for
yt apperyth by Reason. that whanne the scassete ys wᵗin your
reame. yt ys to be thowght aboundannce in odyr pertyes.   So
33ᵃ as me semyth for lacke * of dyscressyon and knowlegge your
commodeteys be loste.

Yet consyder farthar thaasyon[1] how and vnder what maner
your comodytes be thus menysshyd and the pryncipall originall
to be expressyd vn to your hyghnes.   Dyuars causys I haue
declaryd to fore.   But as me semyth the pryncipall cause ys
sufferannce. to suffyr the good actys to be broken whiche hathe
be made by your gracious heyghnes and that famouus prynce
of memory your fadyr whos sowle god pardon. ffor the welthe
of your commonus.   So that dew execucion hadde ben made
accordyngly.

33ᵇ   Sufferannce of strange coynes to be curraunt wᵗin your
Reame and Senoryes.

_____
¹ I.e. thocasyon (the occasion).

Sufferannce of your monay and coyne to be couayed out of thys your Reame of England.

Sufferannce the kyng of skottys copper coyne to be currannt in your towne of barwicke and the contray in vyround.

Sufferannce of false drapery to be drapyd w^tyn your Reame unponnyshid.

Sufferannce wollen clothe to be solde drapyd in strange prouences.

Sufferannce of wollys shepe and other cattellys to pass ouer the zee.

Sufferannce of artifycers to occapy in citye towne or borrow borne in strange prouences.

Sufferannce of strangers kepe sollars sellars and shoppys whitin your citie of london.

Sufferannce to lett tokyns to be currannt w^tin your citie of london in deression of your coyne.

Sufferannce of stranngers to kepe dayly markett in towne 34^t citie and contrayes.

Sufferannce to lette new taxsys to be leuyd w^tin your townes contrary to your lawys and grauntis.

Sufferannce of strayngers to haue Restitucion of your sugettys for causis commensyd be yonde the zee and no Redresse to the contrary.

Thus sufferannce causyth thys grett mysere. And sufferannce dysstroyeth your commodite.

[The following paragraph is in different ink. It is clearly an adaptation of the second paragraph (page 1) of the Praticque.]

       nd for the Remedy of manny othyr dyuars Euyllys.
[A]   whiche ys commyttyd dayly be theys secrette theuys
       that be koynars and cleppers bothe of golde and syluer.
Whiche beryth dyshonur to alle prynces and also to the masters of

thar myntes consederyng howe often tymes your common people
be Robbyd in their Reseyuyng of thar salariis and paymentes.
And also for the profytt utilite and amyte of euery of them
34ᵇ to Entyrtayne other. And to thende * that merchaundise the
more Joyusly may be occapyed. And alle paymentys the more
amyably to be made. And also for kepyng them from theys
troumpars and dyssayuars in ther Resayuyng of golde or
seluer. and to open all good vnderstondyng and knowlege
to euery one of your sayde subiectys how thay shalle take
all maner of coynes bothe golde and syluer. Hauyng course
And wyche ought nat to haue course. Accordyng to your
moste hyghe and dradde commanndement vppon payne of
confiscacion of body and goodys at the wylle and pleasure
of your gracious hyghnes And farther I have deuysyd other
dyuars coynes signifieng in the same your verray armys and
baages¹ that linially commythe vnto your grace be dessent wᵗ
other noble and hyghe honnours manifestly knowyn thorrow-
out all crystendome as defensor fidei and kepyng so manny
townes Iles and senoryes wᵗout your Reamo of Englande ayenste
the wyll and pleasure of all othyr your olde auncient ennemyes.
etc.

¹ *baages.* The second *a* is substituted for a *d* carefully obliterated.

[END OF THE MS.]

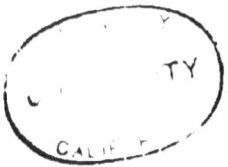

THE PETITION OF NICOLAS TYERY TO KING HENRY THE EIGHTH.

A tres illustre et noble grace et acceptable faveur **5***
et beniuolence du trespuissant et Inuincible Roy
[L] Dangieterre Incite et enflame lhum*m*ble vouloir de
son obeissant et prompt seruiteur nom*m*e Nicolas
Tyery a luy aduertir et donner a entendre les abus et dom-
mages qui se font pour le present aux Isles qui sont hors de son
Royaulme touchant les monnoyes dor et dargent. En suppliant
et requerant humblement la magnifique liberalite et pacifique
bonte de son hault prince et magnanime seigneur. quil plaise
a sa Royale maieste liberalement donner et conceder audict
humble suppliant office et charge de faire forger au pays Dirhe-
lande et en ses. aultres isles hors du pays Dangleterre/ monnoyes dor et dargent selon les especes et pourtraictz que ledict
humble suppliant a faict figurer et paindre pour presenter
honorablement a la digne et magnifique presence de son re-
doubte prince et vertueux seigneur Roy Dangleterre: a lexal-
tation gloire et perpetuelle renommee de sa noble puissance *et*
sumptueux estat * Et a lutilite et grant proffict de tout son roy- **5***
aulme et pays Dangleterre. Par ainsy que ledict humble sup-

pliant se submect *et* oblige rendre et payer par chascun an/ tribut de huyt mille francz/ au noble train et hault estat de son seigneur et prince. Suppliant son seigneur excuser lhumble requeste et supplication de son humble seruiteur. Lequel se tient et tiendra a iamais le plus humble des seruiteurs de son dict seigneur et clement prince et triumphant roy Dangleterre. Priant le Roy des Roys lui donner sur son noble chef Corone de gloire Immortelle Au royaulme celeste.

[A. GOLD COINS.]

Les Royaulx de Irlande nouueaulx.   11ᵛ

1. [R]oyaulx nouueaulx Dirlande au protraict cy dessus du poix de .iii. deniers vi. grains. valent Cinquante solz six deniers torn'.

Les nobles Dirlande Nouueaulx.

2. [N]obles nouueaulx. Dirlande au protraict cy dessus de deux deniers xxi. grain. valent Quarante quatre solz six deniers tornois. Item le demy diceulx a lequipollent.

Salutz nouueaulx de Irlande.   11*

3. [S]alutz nouueaulx Dirlande au pourtraict cy dessus du poix de deux deniers dix sept grains valent quarante et vng solz six deniers torn'. Item les deux pars diceluy a lequipolent.

La maille nouuelle a la rose Dirlande.

4. [L]a maille nouuelle a la rose Dirlande au pourtraict cy dessus du poix de deux deniers xvi. grains. pour trente troys solz ixd'.t'.

[B. SILVER COINS.]

1. Les nouueaulx testons de Irlande au pourtraict cy des- 12* soubz du poix de viid'. xij. grains. valent viii.s.t'. Item le demy diceulx vault quatre solz torn'.

4—3

Testons nouueaulx Dirlande.

2. Les nouueaulx gros Dirlande au pourtraict cy dessus du poix de deux deniers. valent six solz t'. Le demy a lequipollent.

Nouueaulx gros dirlande.

Chasteaulx nouueaulx de Gersey.

3. Chasteaulx nouueaulx de gersey valent vst'.

Le pourtraict des lyons armes nouueaulx dirlande. 12ᵇ

4. Lyons nouueaulx dirlande valent ijsvid'.
5. Les eglises nouuelles dirlande valent deux solz.

Le pourtraict des eglises nouuelles. Dirlande.
Le pourtraict des trezains nouueaulx dirlande.

6. Les trezains nouueaulx dirlande valent xiii. d'.

Le denier De Irlande. Le demy trezain de irlande. 13*

7. [L]e denier dirlande
pour ixd'.

10. [L]e demy trezain.
pour vjd'ob'.

8. Le demy part Dirl'. au
pourtraict cy dessus vault huit
deniers torn'.

11. Le demy patart dir-
lande au pourtraict cy dessus
vault iijj. d'.

9. Le liart dirlande vault
six deniers t'.

12. Le double dirlande
vault dix deniers t'.

[END OF NICOLAS TYERY'S PROPOSED COINAGE.]

www.ingramcontent.com/pod-product-compliance
Lightning Source LLC
Chambersburg PA
CBHW022154020726
47496CB00008B/2716